083536

Colusa County Free Library

738 Market Street
Colusa, CA   95932
Phone : 458-7671

Taking a Walk

A Book in Two Languages

Caminando

Un Libro en Dos Lenguas

Rebecca Emberley

 Little, Brown and Company
Boston Toronto London

Other books by Rebecca Emberley

CITY SOUNDS

JUNGLE SOUNDS

MY HOUSE/MI CASA

DRAWING WITH NUMBERS AND LETTERS

14.95

Copyright © 1990 by Rebecca Emberley

First edition

Library of Congress Cataloging-in-Publication Data

Emberley, Rebecca.
  Taking a walk = Caminando : a book in two languages / by Rebecca
Emberley.
     p. cm.   90B8588
  Summary: Labeled illustrations and Spanish and English text
introduce the things a child sees while on a walk.
  ISBN 0-316-23640-3
  1. Picture dictionaries, Spanish.   2. Picture dictionaries,
English.   3. Spanish language — Glossaries, vocabularies, etc.
4. English language — Glossaries, vocabularies, etc.
[1. Vocabulary.   2. Spanish language materials — Bilingual.]
I. Title.   II. Title: Caminando.
PC4629.E48   1990
463'.21 — dc20   89-12923
                                                        CIP

10 9 8 7 6 5 4 3 2 1

WOR

Published simultaneously in Canada by Little,
Brown & Company (Canada) Limited

Printed in the United States of America

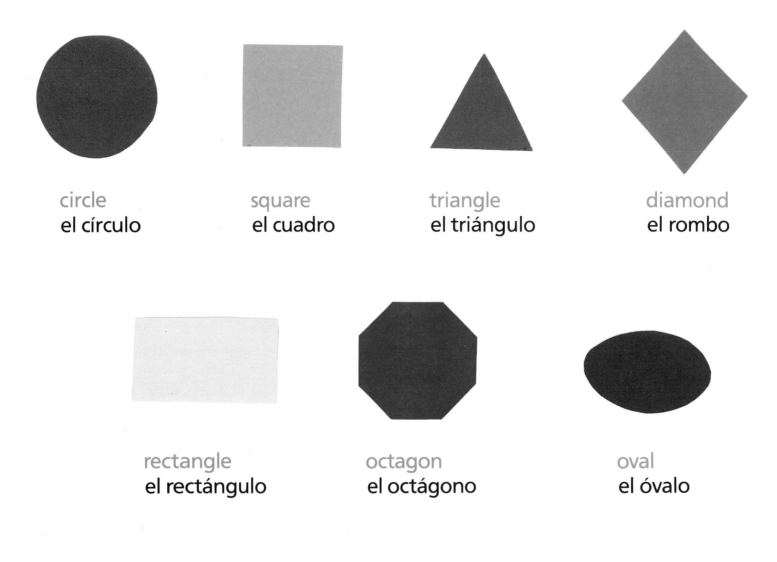

circle
el círculo

square
el cuadro

triangle
el triángulo

diamond
el rombo

rectangle
el rectángulo

octagon
el octágono

oval
el óvalo

Here are some of the shapes you will see in this book.
Estos son algunas formas que verás en este libro.

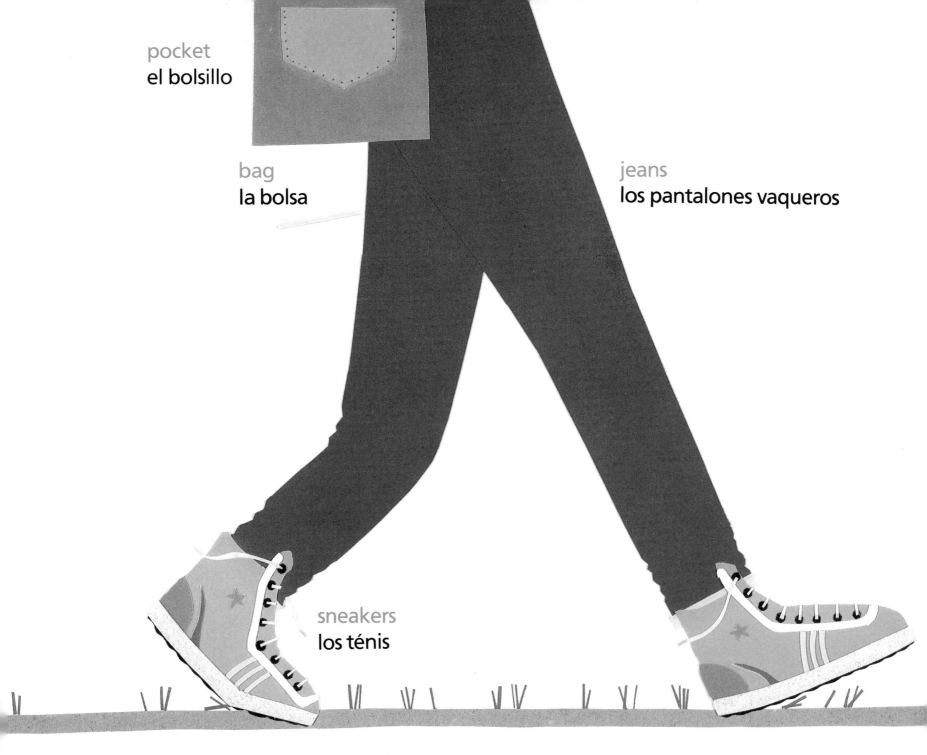

pocket
el bolsillo

bag
la bolsa

jeans
los pantalones vaqueros

sneakers
los ténis

Let's take a walk.
Caminemos.

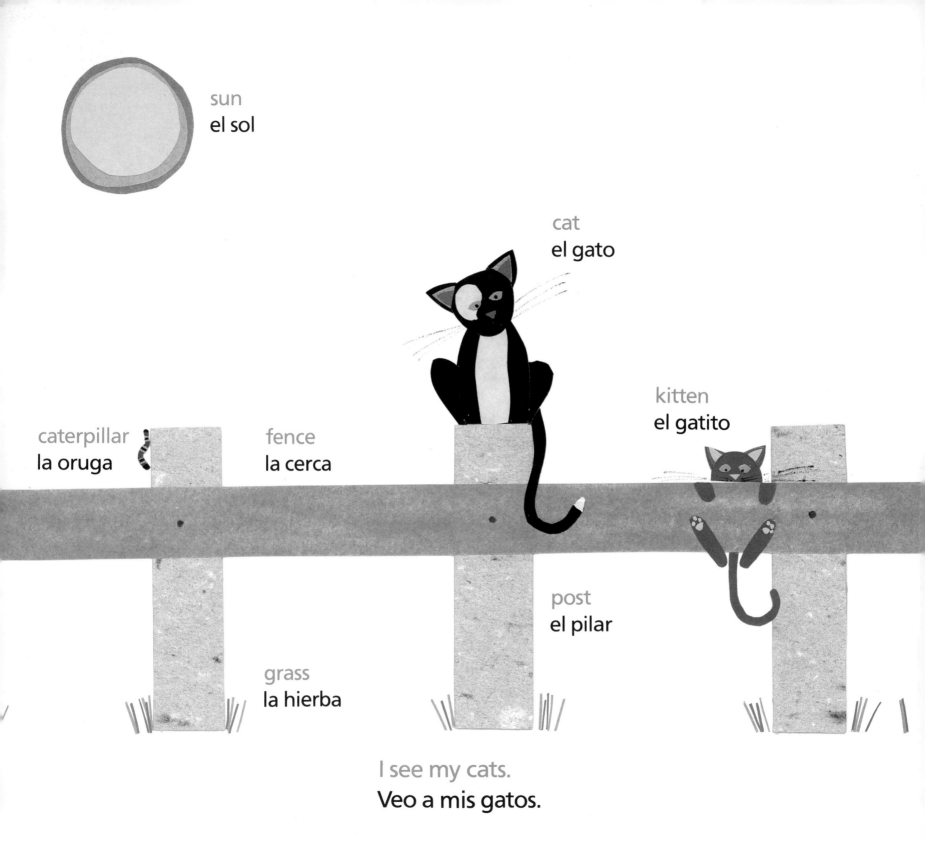

sun
el sol

cat
el gato

kitten
el gatito

caterpillar
la oruga

fence
la cerca

post
el pilar

grass
la hierba

I see my cats.
Veo a mis gatos.

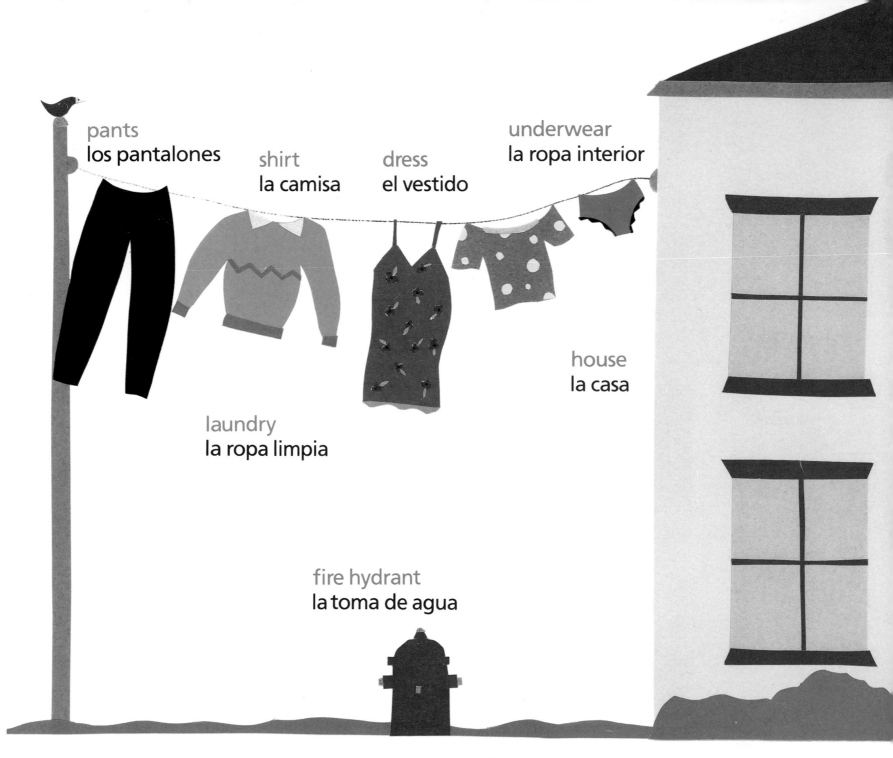

pants
los pantalones

shirt
la camisa

dress
el vestido

underwear
la ropa interior

house
la casa

laundry
la ropa limpia

fire hydrant
la toma de agua

I see my neighbors' house.
Veo la casa de mis vecinos.

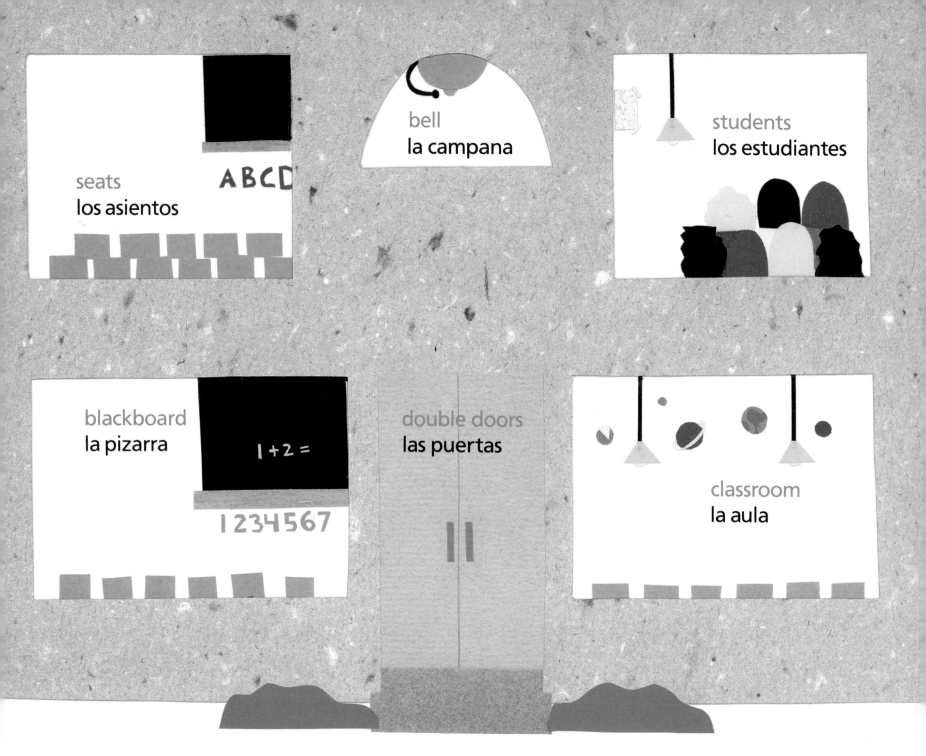

seats
los asientos

bell
la campana

students
los estudiantes

blackboard
la pizarra

1 + 2 =

1234567

double doors
las puertas

classroom
la aula

There is my school.
Ahí está mi escuela.

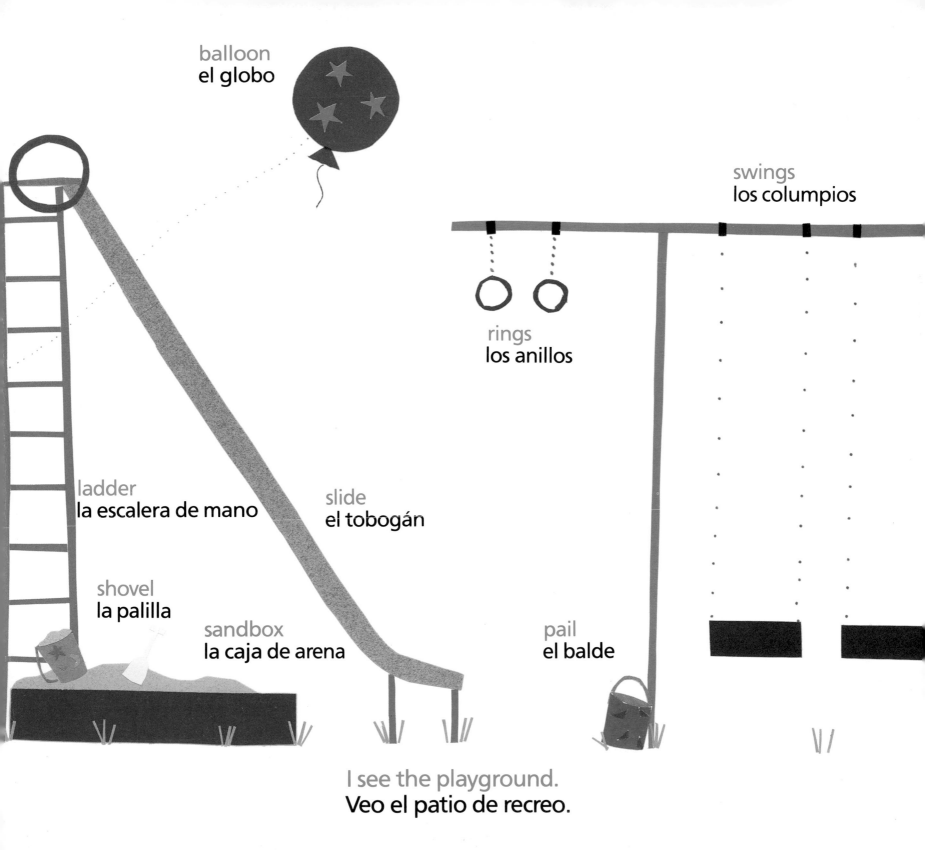

balloon
el globo

swings
los columpios

rings
los anillos

ladder
la escalera de mano

slide
el tobogán

shovel
la palilla

sandbox
la caja de arena

pail
el balde

I see the playground.
Veo el patio de recreo.

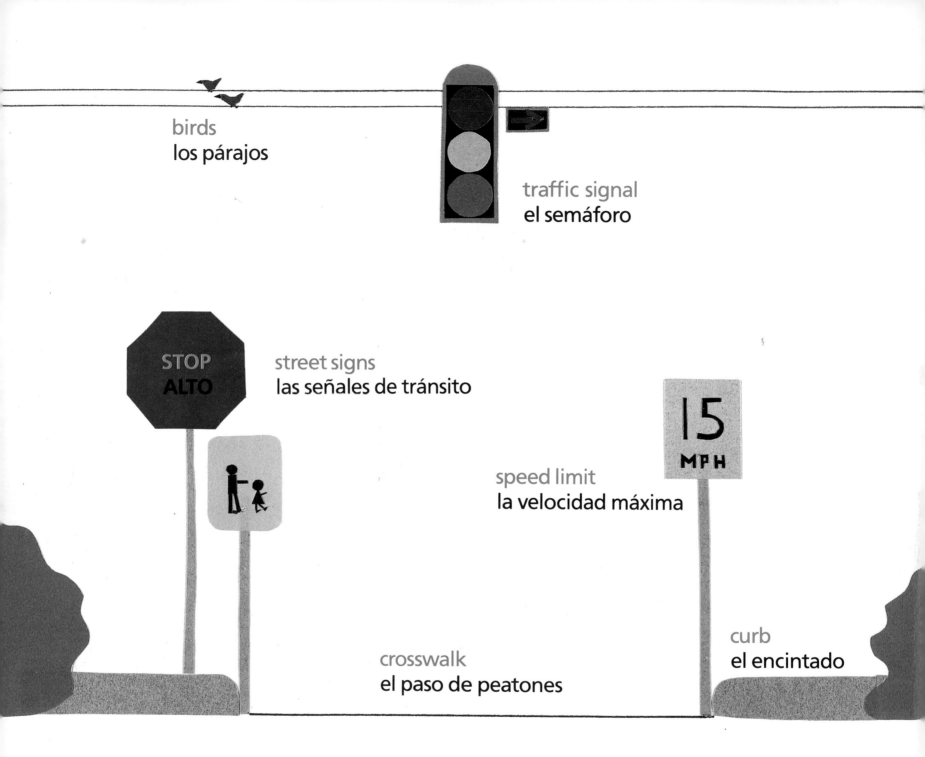

birds
los párajos

traffic signal
el semáforo

STOP
ALTO

street signs
las señales de tránsito

15 MPH

speed limit
la velocidad máxima

crosswalk
el paso de peatones

curb
el encintado

Let's cross the street.
Cruzemos la calle.

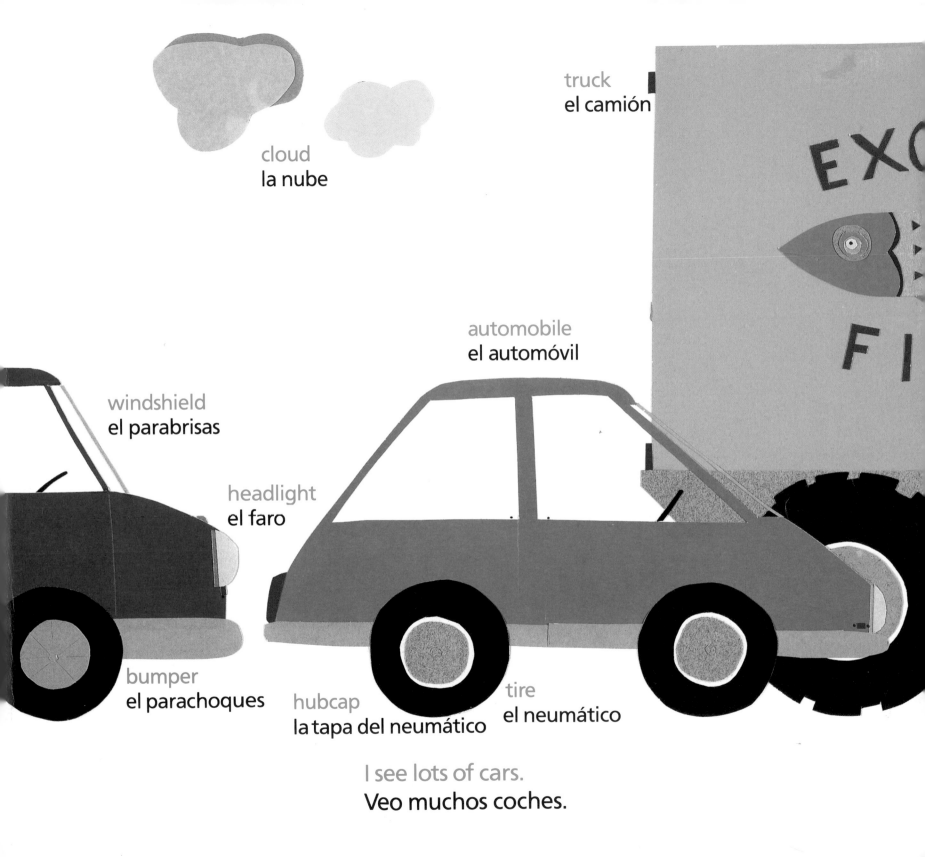

cloud
la nube

truck
el camión

automobile
el automóvil

windshield
el parabrisas

headlight
el faro

bumper
el parachoques

hubcap
la tapa del neumático

tire
el neumático

I see lots of cars.
Veo muchos coches.

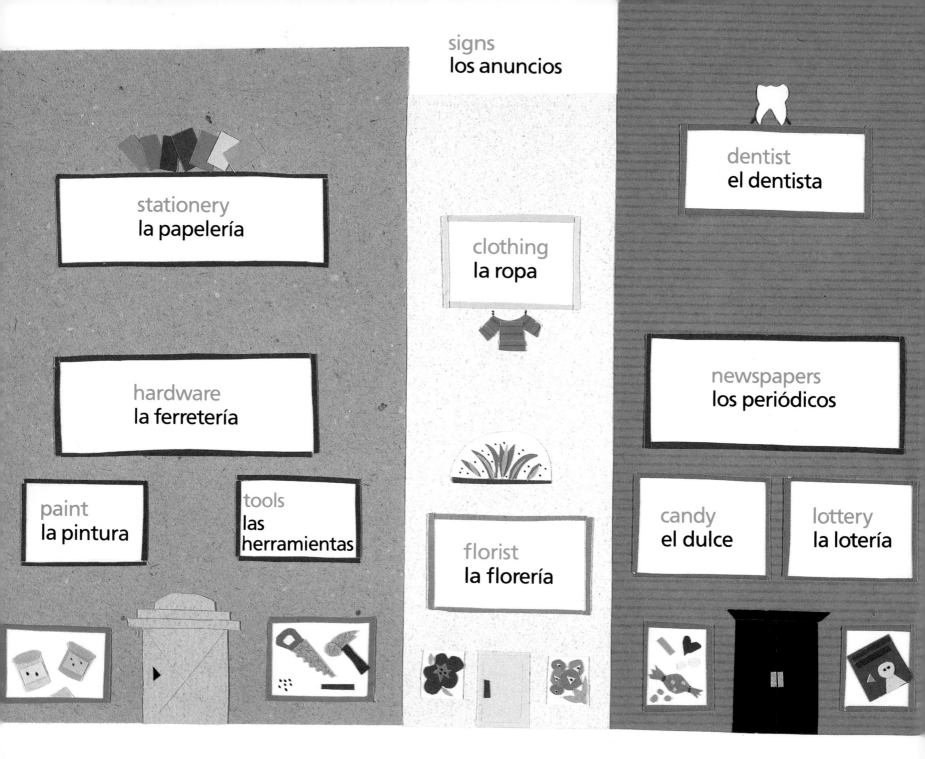

signs
los anuncios

stationery
la papelería

clothing
la ropa

dentist
el dentista

hardware
la ferretería

newspapers
los periódicos

paint
la pintura

tools
las herramientas

florist
la florería

candy
el dulce

lottery
la lotería

I see many stores.
Veo muchas tiendas.

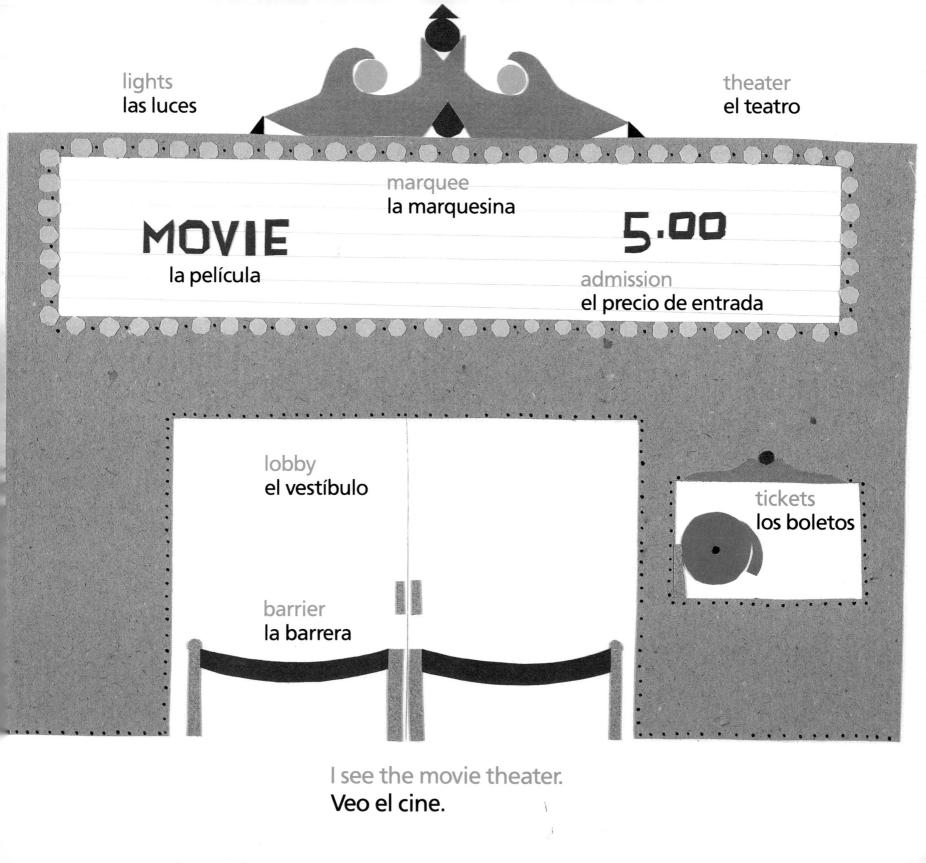

lights
las luces

theater
el teatro

marquee
la marquesina

MOVIE
la película

5.00

admission
el precio de entrada

lobby
el vestíbulo

tickets
los boletos

barrier
la barrera

I see the movie theater.
Veo el cine.

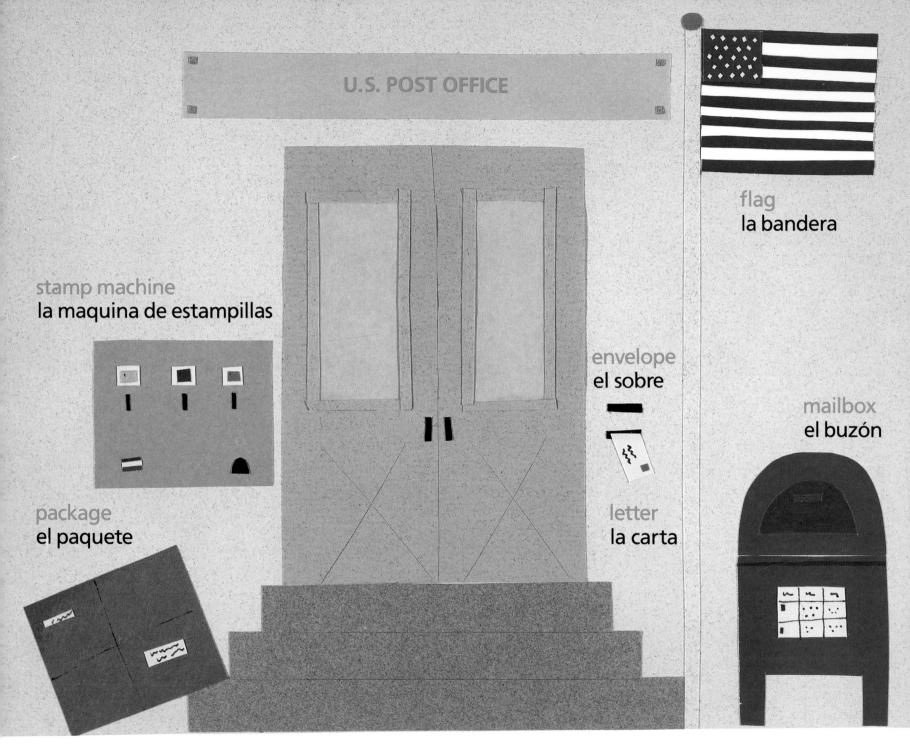

U.S. POST OFFICE

flag
la bandera

stamp machine
la maquina de estampillas

envelope
el sobre

mailbox
el buzón

package
el paquete

letter
la carta

I see the post office.
Veo el correo.

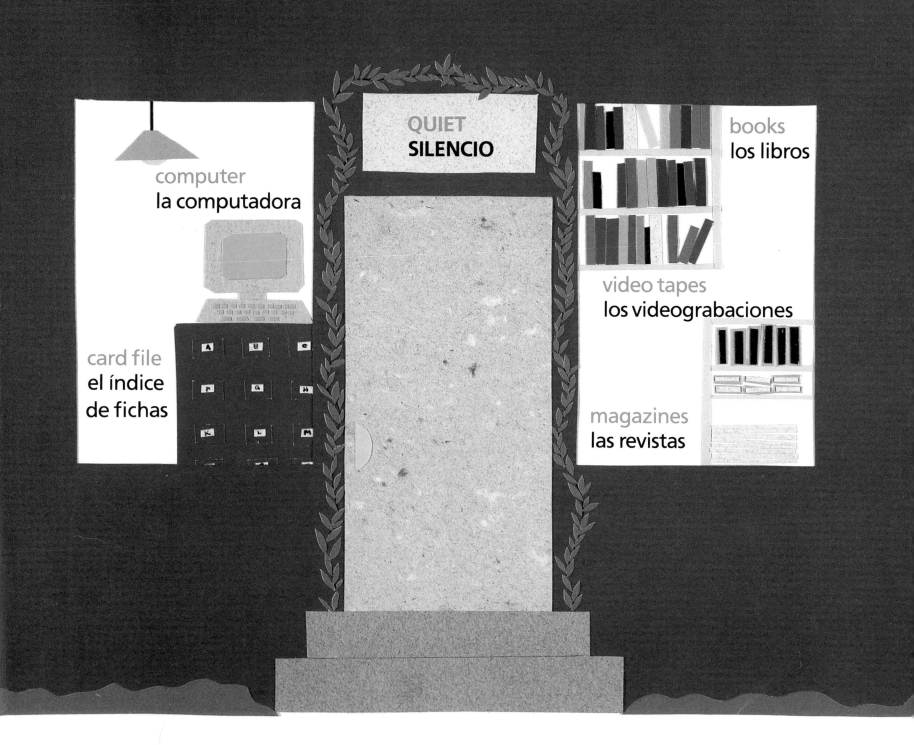

computer
la computadora

card file
**el índice
de fichas**

QUIET
SILENCIO

books
los libros

video tapes
los videograbaciones

magazines
las revistas

There's the library.
Ahí está la biblioteca.

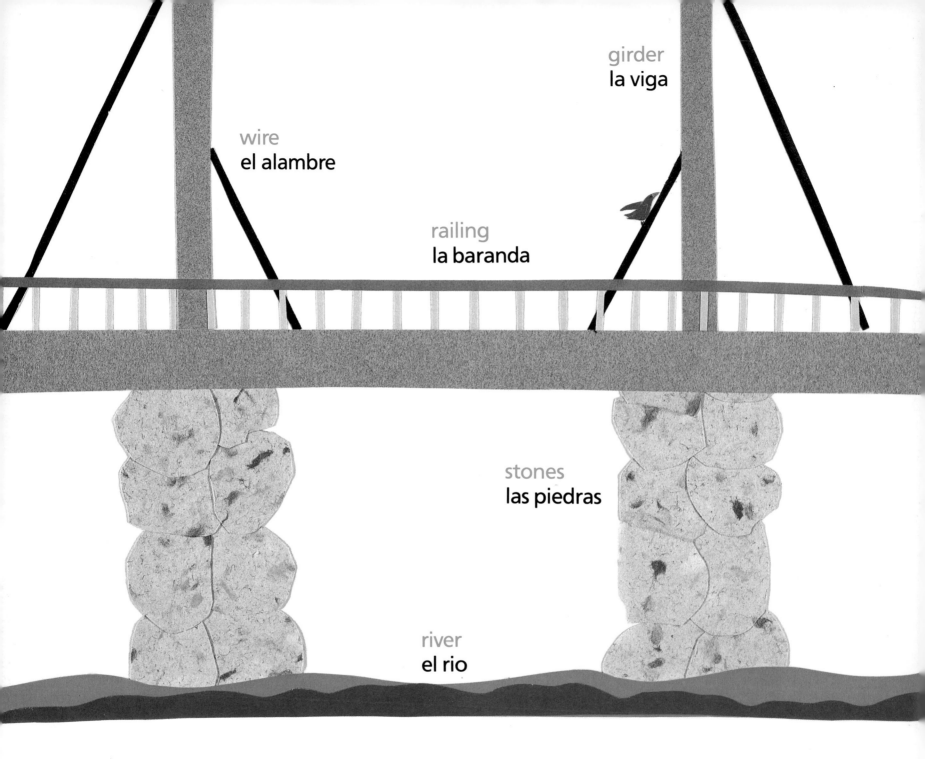

girder
la viga

wire
el alambre

railing
la baranda

stones
las piedras

river
el rio

Let's cross the bridge.
Cruzemos el puente.

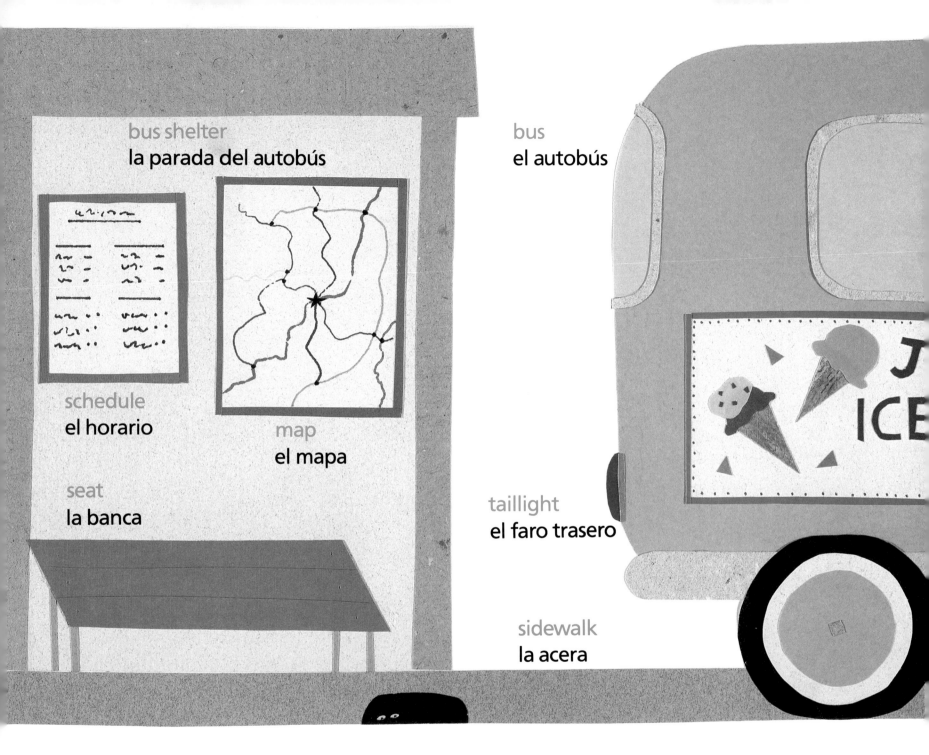

bus shelter
la parada del autobús

bus
el autobús

schedule
el horario

map
el mapa

seat
la banca

taillight
el faro trasero

sidewalk
la acera

ICE

I see the bus stop.
Veo la parada del autobús.

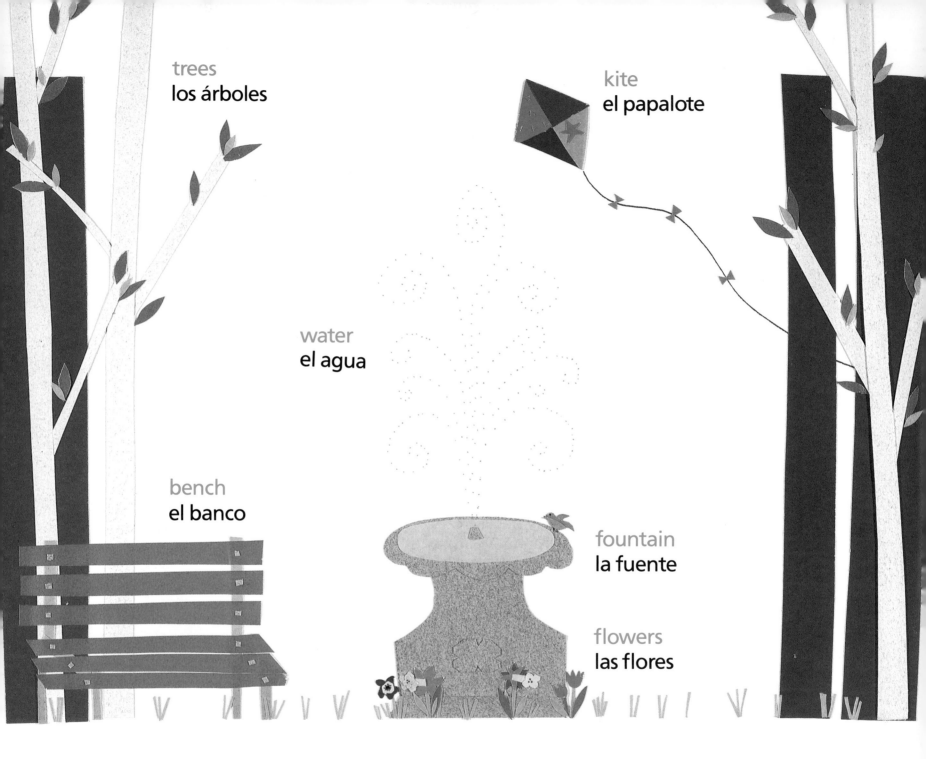

trees
los árboles

kite
el papalote

water
el agua

bench
el banco

fountain
la fuente

flowers
las flores

I see the park.
Veo el parque.

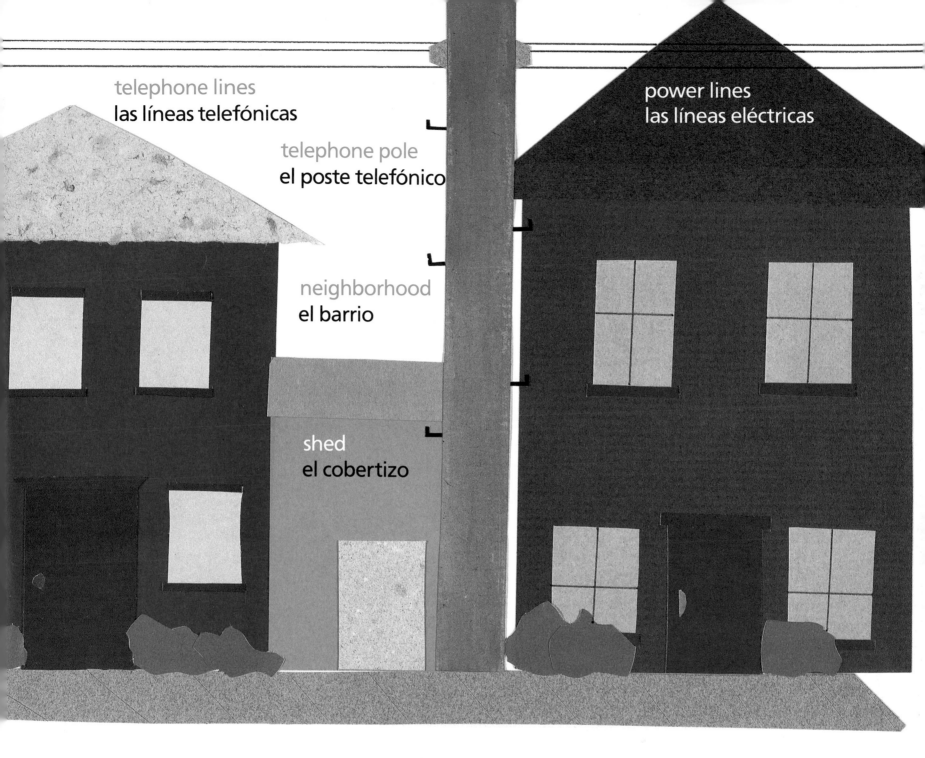

telephone lines
las líneas telefónicas

telephone pole
el poste telefónico

neighborhood
el barrio

power lines
las líneas eléctricas

shed
el cobertizo

Here is my street.
Aquí está mi calle.

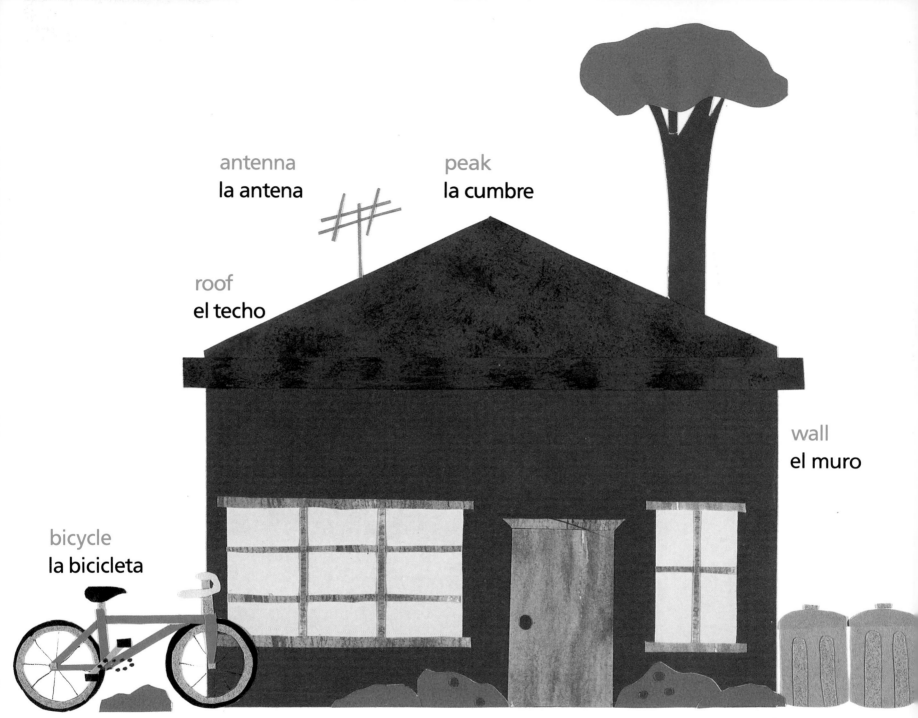

antenna
la antena

peak
la cumbre

roof
el techo

wall
el muro

bicycle
la bicicleta

trash cans
los botes de basura

I see my house.
Veo mi casa.

Let's take another walk tomorrow.
Caminarémos mañana.

When some people take a walk, they see mountains,
Cuando algunas personas caminan, ven las montanas,

or many tall buildings,
o muchos edificios altos,

or the ocean.
o el mar.

What do you see when you take a walk?
¿Qué ves cuando caminas?

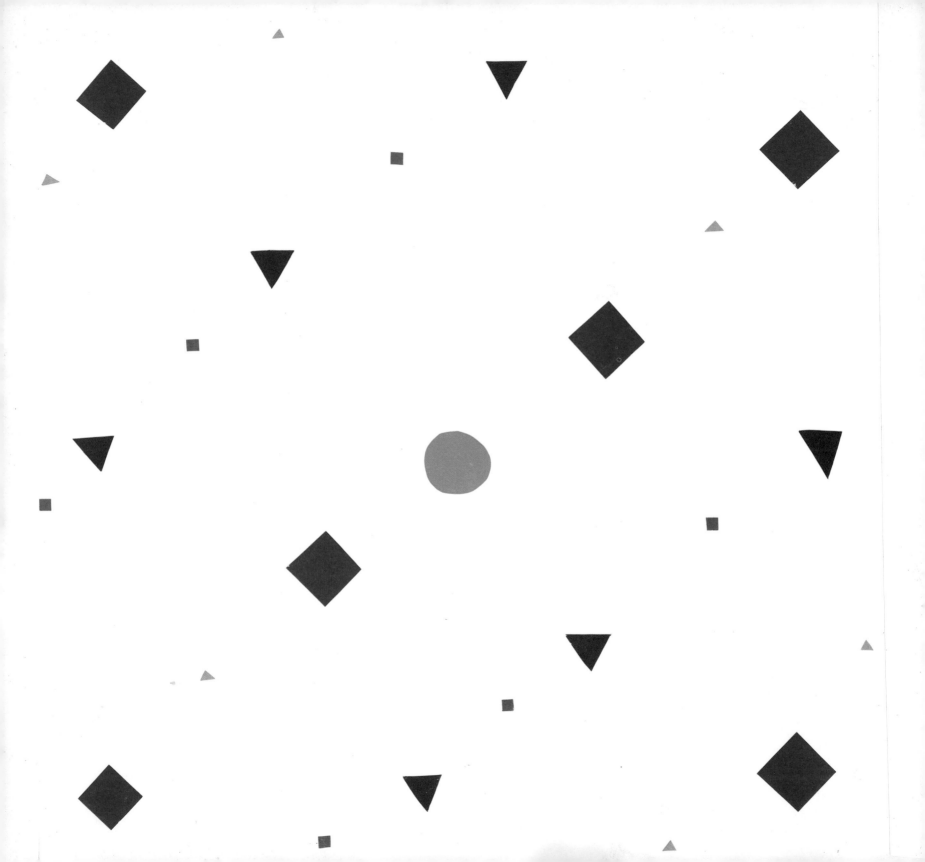